Desastres

LA EXPEDICIÓN DONNER

Por Kristen Rajczak
Traducido por Esther Sarfatti

Gareth Stevens
PUBLISHING

Please visit our website, www.garethstevens.com. For a free color catalog of all our high-quality books, call toll free 1-800-542-2595 or fax 1-877-542-2596.

Library of Congress Cataloging-in-Publication Data

Rajczak, Kristen.
La expedición Donner / Kristen Rajczak, translated by Esther Sarfatti.
pages cm. — (Desastres)
Includes bibliographical references and index.
ISBN 978-1-4824-3427-9 (pbk.)
ISBN 978-1-4824-3426-2 (6 pack)
ISBN 978-1-4824-3273-2 (library binding)
1. Donner Party—Juvenile literature. 2. Pioneers—California—History—19th century—Juvenile literature. 3. Pioneers—West (U.S.)—History—19th century—Juvenile literature. 4. Overland journeys to the Pacific—Juvenile literature. 5. Frontier and pioneer life—West (U.S.)—Juvenile literature. 6. Sierra Nevada (Calif. and Nev.)—History—19th century—Juvenile literature. I. Title.
F868.N5R35 2015
978'.02—dc23

First Edition

Published in 2016 by
Gareth Stevens Publishing
111 East 14th Street, Suite 349
New York, NY 10003

Designer: Katelyn E. Reynolds
Editor: Therese Shea

Photo credits: Cover, p. 1 Fotosearch/Getty Images; cover, pp. 1–32 (background texture) 501room/Shutterstock.com; p. 5 De Agostini Picture Library/Getty Images; p. 7 The United States government/Wikipedia.org; p. 9 Ann Ronan Pictures/Print Collector/Getty Images; p. 10 Lansford Hastings/Wikipedia.org; p. 11 Kean Collection/Archive Photos/Getty Images; p. 13 Hamik/Shutterstock.com; p. 14 Reproduced from his book: *The Emigrants' Guide to Oregon and California*; George Conclin, publisher; Cincinnati, Ohio/Wikipedia.org; p. 15 Mitch Johanson/Shutterstock.com; p. 17 Phil Schermeister/National Geographic/Getty Images; p. 19 Moni3/Wikipedia.org; p. 21 Carmel Studios/SuperStock/Getty Images; p. 23 T. H. O'Sullivan of the U.S. Geological Exploration of the Fortieth Parallel (King Survey)/Wikipedia.org; p. 24 Online Archive of California/Wikipedia.org; p. 25 Joseph Warren Revere/Wikipedia.org; p. 27 (diary page) Patrick Breen wrote the page/Wikipedia.org; p. 27 (James and Margaret Reed) Ethan Rarick's book, *Desperate Passages*, published by Oxford University Press, 2008/Wikipedia.org; p. 29 Universal History Archive/Getty Images.

Printed in the United States of America

CPSIA compliance information: Batch #CS15GS: For further information contact Gareth Stevens, New York, New York at 1-800-542-2595.

CONTENIDO

Las palabras del glosario se muestran en **negrita** la primera vez que aparecen en el texto.

TRAGEDIA EN LAS MONTAÑAS

Hacia finales de 1846, un grupo de **emigrantes** quedó atrapado en lo alto de las montañas de la Sierra Nevada. La caravana de carretas que se dirigía hacia California había tomado un atajo, un camino más corto pero desconocido que resultó ser mucho más peligroso que la ruta hasta entonces conocida. En poco tiempo se encontraron rodeados de mucha nieve y con escasos alimentos. Incluso si algún equipo se hubiese aventurado a rescatarlos, la nieve era tan espesa y el viento tan fuerte, que probablemente no hubiesen encontrado el campamento y posiblemente muchos de ellos no hubiesen sobrevivido el frío.

Muchos de los del grupo, conocido como la expedición Donner, estaban convencidos de que no sobrevivirían. Sin embargo, de los casi 90 hombres, mujeres y niños atrapados en aquel puerto de montaña, aproximadamente la mitad sobrevivió. Cómo sobrevivieron es una de las más **espeluznantes** historias de Estados Unidos: ¡Se dice que los supervivientes comieron a los muertos!

Datos Importantes

En 1844, James K. Polk fue elegido presidente de Estados Unidos. Estaba a favor de la expansión del país y de que expediciones, como la de Donner, fueran hacia el oeste para asentarse allí.

En esta ilustración, un artista muestra cómo se imagina a los componentes de la expedición Donner escalando las montañas.

TESTIGOS OCULARES

Los historiadores y otros que han estudiado la expedición Donner conocen mucho de lo que ocurrió gracias a fuentes primarias. Una fuente primaria es un **documento**, como una carta, o un objeto, como un plato, que nos da información sobre el período cuando fue creado. Algunos de los miembros de la expedición Donner escribieron en sus diarios y contaron sus experiencias en cartas. Estos documentos sirven para averiguar cómo y cuándo ocurrieron los sucesos.

UNA DÉCADA DE EXPANSIÓN

El año que se puso en marcha la expedición Donner fue importante en la historia de la expansión de Estados Unidos. En 1846, Oregón y Texas pasaron a ser estados. Ese mismo año, el Presidente Polk declaró la guerra a México, lo cual resultó en la incorporación de California, Nuevo México, Nevada, Arizona, Utah y partes de Wyoming y Colorado dos años después. La década de 1840 fue **destinada** a la expansión de Estados Unidos, de costa a costa.

Todo este nuevo territorio resultaba muy atractivo para mucha gente. Muchos en el gobierno creían que el comercio con Asia aumentaría con más puertos en la costa oeste. Miles de familias se dirigieron hacia el oeste a principios de la década de 1840, ya que habían oído que la tierra era abundante y buena. Luego, siguieron los comerciantes, con el propósito de abastecer a las poblaciones que se mudaban a los territorios nuevos.

Datos Importantes

Entre 1846 y 1850, el territorio de Estados Unidos aumentó por 1.2 millones de millas cuadradas (3.1 kilómetros cuadrados).

En 1840, más de siete millones de estadounidenses vivían más allá de las montañas Apalaches, en la "frontera". Según Estados Unidos adquiría más territorio, más crecía la frontera brindando oportunidades a los colonizadores para asentarse en los nuevos territorios.

DESTINO MANIFIESTO

Un periodista llamado John O'Sullivan acuñó una frase en 1845 para explicar la razón por la que los estadounidenses se sentían atraídos por el oeste: destino manifiesto. Lo utilizó en un artículo a favor de incorporar a Texas como estado, aunque sus palabras llegaron a influenciar la expansión continental de Estados Unidos. O'Sullivan escribió que los estadounidenses estaban destinados a expandirse por todo Norteamérica y gobernarse a sí mismos.Tanto el gobierno como los emigrantes aceptaron esta idea.

COMIENZA LA EXPEDICIÓN

En la primavera de 1846, George Donner puso un anuncio en un periódico de Springfield, Illinois. Buscaba hombres jóvenes que lo ayudaran a llevar una caravana de bueyes a California, donde se establecería con su familia. Varias familias que querían unirse a la expedición de Donner y mudarse a California respondieron al llamado.

Donner, que era granjero, iba acompañado por su esposa, Tamsen, y sus cinco hijas. También viajaban su hermano Jacob con su esposa Elizabeth, y sus siete hijos. Los Donner se unieron a un grupo encabezado por James Reed, que incluía a su esposa, su suegra y cuatro hijos, entre otros.

El 10 de mayo de 1846, el grupo llegó a Independence, Misuri, un punto de partida común para los pioneros que viajaban hacia el oeste.

Datos Importantes

Era fácil reconocer la carreta de los Reed dentro de la caravana. Tenía dos niveles y todos la llamaban "el palacio". No obstante, resultó ser una carga por el camino porque era pesada y costaba mucho trabajo hacerse camino por el **terreno** escarpado.

El viaje hasta California en carreta podía tardar de cuatro a seis meses. Muchos pioneros hacían el recorrido a pie mientras sus pertenencias iban en las carretas.

UN CAMINO DIFÍCIL

Tanto George Donner como James Reed habían viajado mucho a lo largo de sus vidas, así que el viaje a California no les asustaba. Sin embargo, para muchos pioneros ir al oeste suponía un riesgo muy grande. Dejaban atrás familias, amigos y sus casas para ir a un lugar desconocido. Dejaban atrás muebles y otras **herencias de familia**. En las carretas no había espacio para tantas cosas y lo más importante era llevar suficientes provisiones para el largo viaje.

Una vez que llegaron a Independence, el grupo de Springfield compró más provisiones, y es muy posible que se unieran algunas carretas más a su expedición. A continuación, cruzaron las llanuras sin problema y llegaron al Fuerte Laramie, en Wyoming, a principios de julio.

Fue entonces que comenzaron a considerar la sugerencia de Donner y Reed de seguir un camino distinto a la ruta establecida. Un hombre llamado Lansford Hastings había escrito un libro titulado *La guía del emigrante a Oregón y California*. Según Hastings, había una forma de acortar la ruta a California por varios cientos de millas (aunque él mismo nunca había hecho ese camino). El autor se ofrecía a llevar a cualquier grupo por ese atajo si lo iban a buscar al Fuerte Bridger, en Wyoming.

THE
EMIGRANTS' GUIDE,
TO
OREGON AND CALIFORNIA,
CONTAINING SCENES AND INCIDENTS OF A PARTY OF OREGON EMIGRANTS;
A DESCRIPTION OF OREGON;
SCENES AND INCIDENTS OF A PARTY OF CALIFORNIA EMIGRANTS:
AND
A DESCRIPTION OF CALIFORNIA;
WITH
A DESCRIPTION OF THE DIFFERENT ROUTES TO THOSE COUNTRIES;
AND
ALL NECESSARY INFORMATION RELATIVE TO THE EQUIPMENT SUPPLIES, AND THE METHOD OF TRAVELING.

BY LANSFORD W. HASTINGS,
Leader of the Oregon and California Emigrants of 1842.

CINCINNATI:
PUBLISHED BY GEORGE CONCLIN,
STEREOTYPED BY SHEPARD & CO.
1845.

[illegible]

This Book contain 4½ sheets.

Datos importantes

La expedición Donner quería llegar al valle de Sacramento, en California.

Como su nombre sugiere, la ruta de Oregón condujo a los emigrantes hacia el noroeste, pasando cerca de la actual ciudad de Portland, Oregón.

LA RUTA DE CALIFORNIA

La expedición Donner comenzó su viaje en lo que ahora se conoce como la ruta de California. Esta ruta cruzaba la mitad oeste de lo que es hoy Estados Unidos, saliendo de varios lugares de Misuri hasta llegar a diferentes puntos en California. Gran parte del trayecto seguía la famosa ruta de Oregón por las Montañas Rocosas, y después se dirigía hacia el suroeste, a través de lo que hoy es el estado de Utah. Más de 250,000 emigrantes usaron esta ruta para llegar a California durante las décadas de 1840 y 1850.

LA RUTA HASTINGS

Por el camino, el grupo se encontró con un mensajero a caballo que llevaba una carta para cualquiera que encontrara por el camino. ¡La carta era de Lansford Hastings! Animaba a los viajeros a seguir camino y encontrarse con él en el Fuerte Bridger. Esa noticia hizo que Donner y Reed se sintieran confiados en que estaban tomando la decisión correcta en seguir a Hastings.

Algunos miembros del grupo no estaban a favor de seguir una ruta que nadie había tomado antes. Los acompañaron por un tiempo por el camino, pero luego decidieron continuar por la ruta conocida. Mientras tanto, casi 90 personas, entre ellas George Donner y James Reed, llegaron al Fuerte Bridger, en Wyoming, casi dos semanas después de recibir la carta de Hastings, pero cuando llegaron, Hastings no estaba.

George Donner fue elegido líder de la expedición. Ahora él debía decidir cómo iban a continuar.

Datos Importantes

James Reed se encontró con un amigo de Springfield en el Fuerte Laramie que conocía el terreno de la ruta sugerida por Hastings. Aconsejó a Reed que no siguiera esa ruta, pero Reed no le hizo caso.

Es fácil de entender por qué Donner y Reed querían tomar el camino corto. ¡El viaje a California era larguísimo (unas 2,000 millas o 3,220 km)!

¿QUIÉN ERA HASTINGS?

Lansford Hastings era un abogado de Ohio, que pasó los primeros años de la década de 1840 viajando por los territorios de Oregón y California. Había comenzado un negocio de urbanización de tierras en el norte de California con un hombre llamado John Sutter. Para lograr tener éxito, necesitaban que emigrantes llegaran a sus tierras. En 1845, Hastings publicó una guía para los que querían viajar al oeste, que incluía la supuesta ruta más corta para llegar a California.

Hastings no se encontraba en el Fuerte Bridger porque había partido para guiar otra caravana de carretas. Dejó dicho que la expedición Donner debía seguirlo, y que él dejaría señales por el camino para guiarlos. El grupo se quedó durante unos días en el fuerte para descansar y luego siguió las instrucciones de Hastings.

El 6 de agosto llegaron a un cañón. Hastings había dejado una nota en un arbusto en la que decía que el camino era difícil, pero que él vendría pronto a ayudarlos. Esperaron varios días a que Hastings volviera hasta que, finalmente, Reed salió a buscarlo. Lo encontró, pero Hastings dijo que no volvería. Les indicó un nuevo camino, que resultó ser aún más difícil. Los miembros de la expedición perdieron casi dos semanas tratando de abrir camino entre árboles y maleza.

Datos importantes

El camino que abrió la expedición Donner por las montañas Wasatch fue utilizado durante otra década por nuevos viajeros.

Lansford Hastings

La ruta Hastings condujo a la expedición Donner a través de las montañas Wasatch, un camino muy difícil para el paso de carretas.

FUERTES FRONTERIZOS

Desde los tiempos de la Revolución Americana, se construyeron fuertes en la frontera estadounidense. Estos fuertes servían de protección a los colonos durante las guerras y los ataques de las tribus de nativos americanos. El Fuerte Laramie se construyó originalmente en 1834 como puesto de propiedad privada para el comercio de pieles. El Fuerte Bridger se construyó en la década de 1840 como lugar donde los emigrantes podían parar para descansar y obtener provisiones en la ruta hacia Oregón. Estos fuertes, a lo largo de las rutas hacia el oeste, eran esenciales para la supervivencia de los emigrantes.

LOS DESAFÍOS CONTINÚAN

Cruzar las montañas Wasatch fue especialmente difícil para los animales de la expedición Donner. A finales de agosto, cuando finalmente cruzaron la cordillera, los bueyes estaban totalmente agotados. Sin embargo, la peor parte del viaje aún estaba por comenzar. Al pie de las montañas Wasatch, en lo que hoy es Utah, está el gran desierto de Salt Lake. Aunque el grupo llevaba abastecimiento de agua, no era suficiente para cruzar el desierto. La familia Reed perdió sus bueyes y muchos tuvieron que abandonar sus carretas.

Tardaron cinco días en cruzar el desierto. Una vez que llegaron al otro lado, descubrieron que no tenían provisiones suficientes para llegar hasta California. Algunos hombres partieron en dirección a su **destino** con la esperanza de poder regresar y traer ayuda.

Datos Importantes

Para finales de septiembre, la expedición Donner había llegado al río Humboldt y se incorporó a la ruta de California. ¡El atajo había *añadido* 125 millas (201 km) al viaje!

El gran desierto de Salt Lake recibe menos de cinco pulgadas (13 cm) de **precipitación** al año. No es buena idea cruzarlo sin suficiente agua, como descubrió la expedición Donner.

DESTERRADO

La dificultad del viaje estaba afectando a los miembros de la expedición Donner. El 5 de octubre, la carreta de los Reed se enredó con la de otra familia. El guía de la otra carreta, John Snyder, comenzó a pegarles a los bueyes con su látigo. Reed trató de detenerlo, pero Snyder acabó pegándole a él también. Reed se enojó tanto que sacó una navaja, apuñaló a Snyder y éste falleció a causa de la herida. Aunque algunos querían darle muerte a Reed, se conformaron con **desterrarlo**. Reed se marchó a caballo, dejando a su familia atrás.

LLEGA EL INVIERNO

La expedición Donner llegó a la Sierra Nevada a mediados de octubre, varias semanas más tarde de lo previsto. Sabían que en poco tiempo comenzaría a nevar en las montañas. Uno de los hombres que se había adelantado se reintegró al grupo alrededor del 19 de octubre; trajo nuevas provisiones y dos guías nativo americanos. La alegría inicial del grupo se disipó tan pronto cayó la primera tormenta de nieve de la temporada unos días después. Con la nieve, los puertos de montaña quedaron bloqueados.

Los hermanos Donner y sus familias se habían quedado atrás del grupo, pero lograron montar algunas tiendas de campaña antes de que cayera demasiada nieve. Otros llegaron hasta el lago Truckee, donde se cobijaron en una cabaña y se pusieron rápidamente a construir más.

Datos Importantes

En el grupo de los hermanos Donner había unas 22 personas. Estaban en Alder Creek, a unas seis millas (10 km) del grupo principal.

Familias enteras se refugiaron en pequeñas cabañas cerca del lago Truckee, conocido hoy en día como el lago Donner.

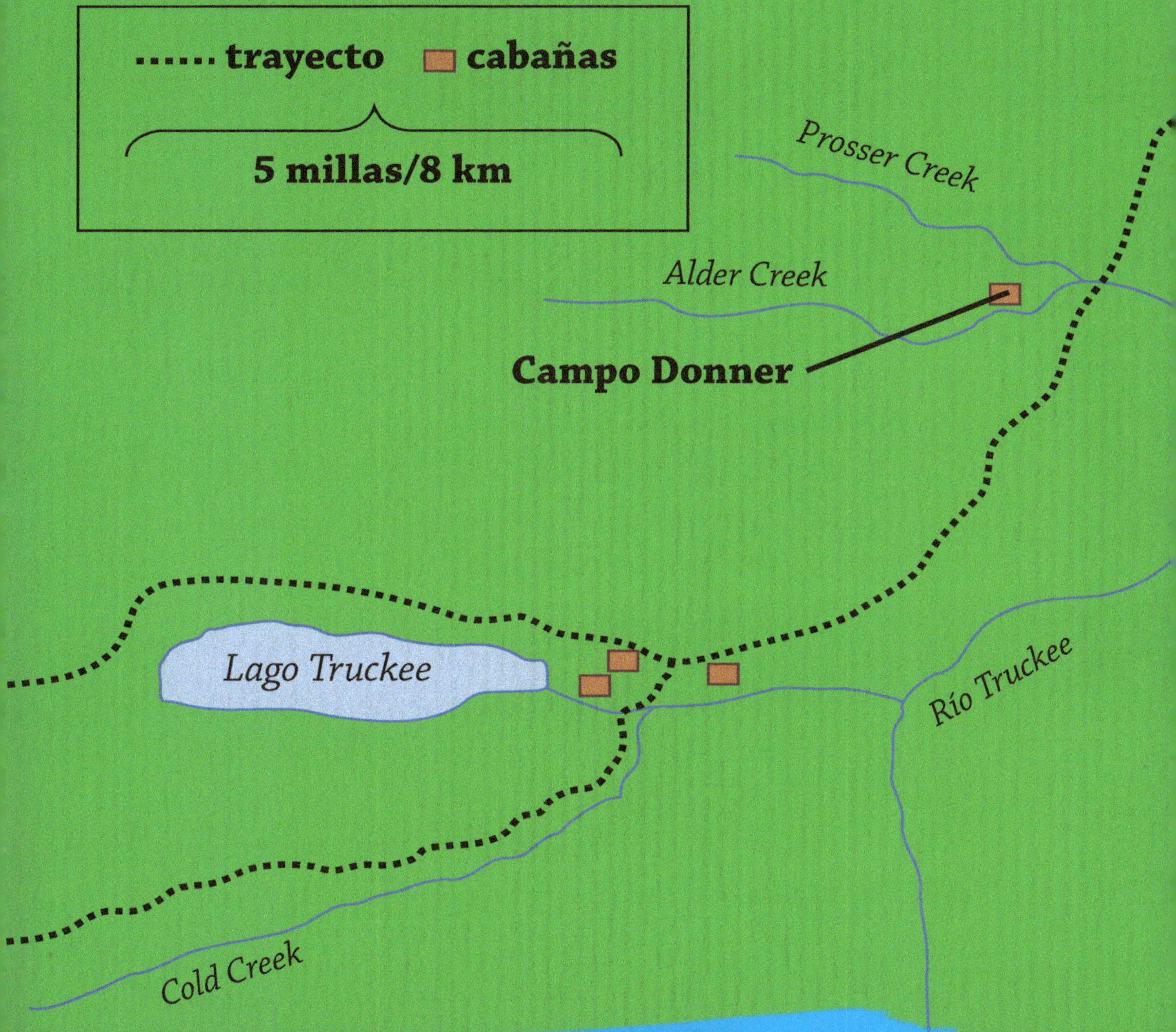

EL REGRESO DE REED

El desterrado James Reed llegó al Fuerte Sutter, en el valle de Sacramento, en mal estado. Sabía que su familia y el resto de su grupo también estarían mal. Empacó unas provisiones y se dirigió de nuevo a la montaña, con la esperanza de salvar a su familia. Reed no pudo llegar debido a la nieve y tuvo que volver al fuerte para pedir ayuda. Sin embargo, la mayor parte de los hombres del fuerte se había ido para luchar en la guerra con México.

LA VIDA EN LAS MONTAÑAS

El invierno que la expedición Donner pasó en la Sierra Nevada fue uno de los peores conocido hasta entonces. Hacía mucho frío y la nieve caía abundante y frecuentemente. Los que estaban en Alder Creek pasaron mucho frío en sus tiendas hechas de ramas, mantas y abrigos. Trataban de encender fogatas, pero a veces pasaban varios días sin fuego.

Los alimentos eran escasos. El grupo comió los animales que los acompañaban, incluso sus perros. Cazaban ratones y animales salvajes cuando podían, pero nunca tenían suficiente carne, así que quemaban los huesos y los comían también.

Varios miembros de la expedición habían fallecido en el camino hacia la Sierra Nevada, pero el hambre y las temperaturas bajo cero causaron la muerte a muchos más.

Datos Importantes

La expedición Donner quedó atrapada a solo unas 150 millas (241 km) del Fuerte Sutter.

Actualmente, se pueden hacer caminatas por la ruta del campamento Donner en Alder Creek, ¡pero es mejor no ir en invierno!

LOS WASHOE

Un grupo de nativos americanos llamados Washoe vivían cerca de donde los emigrantes quedaron atrapados. Sin embargo, durante los duros inviernos en las montañas se trasladaban a lugares menos elevados. Almacenaban comida que habían recolectado y cazado a lo largo del año. Aun así, algunos se ponían raquetas de nieve y salían a cazar o pescar. La **historia oral** de los Washoe cuenta que trataron de llevarles alimento a los emigrantes, pero que estos les dispararon cuando se acercaron al campamento para llevarles un ciervo.

EL RESCATE

La expedición Donner esperaba que en algún momento las temperaturas subieran lo suficiente para poder atravesar las montañas, pero esto no ocurrió. A mediados de diciembre, salió un pequeño grupo en busca de ayuda. Iban provistos de un poco de comida y habían hecho a mano calzado para poder caminar en la nieve, pero se perdieron en las montañas. Este fue el primer grupo que se dice tuvo que recurrir a actos de canibalismo para sobrevivir. Algunos de ellos llegaron a una casa al pie de la Sierra Nevada aproximadamente un mes más tarde y pidieron ayuda. Un equipo de rescate salió a buscarlos.

Mientras tanto, los hombres que habían ido a la guerra con México volvían al Fuerte Sutter. Reed junto con algunos voluntarios partieron hacia las montañas de nuevo para buscar a su familia y al resto de la expedición Donner.

El primer equipo de rescate llegó al lago Truckee el 19 de febrero. El campamento parecía desierto, pero poco a poco comenzaron a encontrar supervivientes.

Datos Importantes

Los arqueólogos han descubierto que algunos miembros de la expedición Donner comieron una especie de "pasta" hecha de pieles de animales hervidas.

El puerto Donner se encuentra a unos 7,000 pies (2,130 m) de altura.

EL PUERTO DONNER

El puerto de montaña donde la expedición Donner pasó los inviernos de 1846 y 1847 ahora lleva su nombre: puerto Donner. Hoy es una de las rutas principales que conectan San Francisco, California, con Reno, Nevada. Está ubicado dentro del bosque nacional Tahoe, cerca de un parque que también recibe el nombre de la expedición: Donner Memorial State Park. El puerto todavía es conocido por sus inviernos muy nevados. ¡En 1952 hubo una tormenta de nieve que duró ocho días!

El primer equipo de rescate no pudo transportar a todas las personas que estaban medio moribundas al Fuerte Sutter. Se llevaron a unos 20 y dejaron al resto del grupo con un poco de comida, aunque esta no era suficiente. El grupo de rescate de Reed llegó poco tiempo después. Reed se reunió con su esposa y sus hijos, que él temía habían muerto.

Durante el curso de dos meses, varios grupos viajaron entre el Fuerte Sutter en California y los campamentos en el lago Truckee y Alder Creek. Sin embargo, muchos de los que aguardaban ayuda, perecieron. Algunos de los equipos de rescate encontraron más nieve, haciendo aún más difícil el viaje de vuelta al Fuerte Sutter, especialmente al transportar a gente débil y enferma.

Datos importantes

Hay muchas versiones sobre supuestos actos de canibalismo que tuvieron lugar en el lago Truckee y en Alder Creek, durante el tiempo de las expediciones de rescate.

John Sutter

John Sutter, el hombre que trabajaba con Lansford Hastings, construyó el Fuerte Sutter. Él ayudó a Reed a reclutar los miembros del equipo de rescate.

SANOS Y SALVOS

Los miembros de la expedición Donner que sobrevivieron llegaron al Fuerte Sutter a finales de abril 1847. Su llegada ocasionó gran noticia en California, como posiblemente también ocurrió con las especulaciones sobre el posible canibalismo. Cuando se encontraron los emigrantes perdidos, el periódico *California Star* publicó lo siguiente: "Se podrían relatar varias circunstancias horripilantes en relación con este suceso: por ejemplo, una mujer que se vio **obligada** a comer partes del cuerpo de su padre y de su hermano, y otra que vio cómo cocinaban el corazón de su esposo."

¿CANÍBALES?

Hasta hace poco, la expedición Donner fue famosa por la desesperación que llevó a sus integrantes a comer los restos de sus compañeros. Los supervivientes del desastre aseguraron que hubo actos de canibalismo. En cartas y diarios escritos por los componentes del grupo también se menciona esto. Incluso la historia oral de los Washoe afirma que vieron a la expedición comer restos humanos.

No obstante, hasta el día de hoy no se han encontrado pruebas de ello. Durante muchos años los arqueólogos no sabían exactamente dónde estaba el campamento Donner. Alrededor del 2002, una arqueóloga y su equipo descubrieron lo que pensaban que fue el campamento de Alder Creek. Encontraron platos, restos de fogatas y miles de pedacitos de huesos. Estos eran de especial interés por las sospechas de canibalismo. Sin embargo, algunos de los huesos que se identificaron eran de vaca, ciervo y conejo.

Datos Importantes

Algunos huesos no pudieron ser identificados porque habían sido cocinados, probablemente para comerlos.

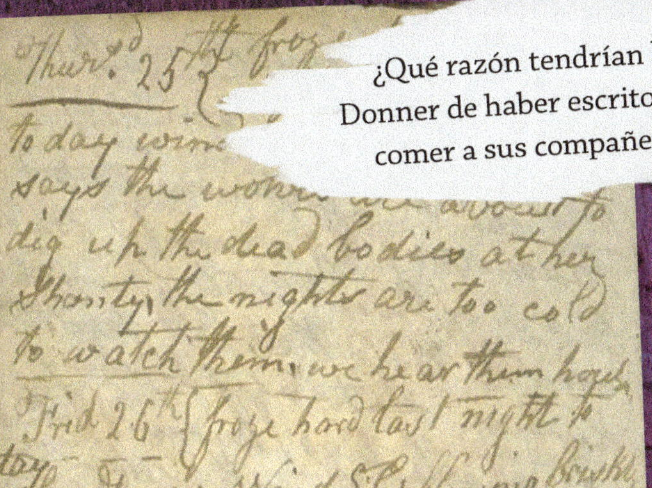
Thurs. 25th froze
to day
says the woman [illegible] to
dig up the dead bodies at her
Shanty, the nights are too cold
to watch them, we hear them howl
Frid 26th froze hard last night to
day clear & warm Wind S.E. blowing briskly
the Donnos told the
that they commence to eat the dead
if they did not

¿Qué razón tendrían los miembros de la expedición Donner de haber escrito que otros tenían intención de comer a sus compañeros muertos si no fuera cierto?

James y Margaret Reed

NO SE PUEDE DESCARTAR

A pesar de que no se han encontrado pruebas, los arqueólogos no pueden asegurar que no hubo actos de canibalismo en Alder Creek, en el lago Truckee ni entre los miembros de los equipos de rescate. Para comenzar, hay escritos de los supervivientes que lo mencionan. ¡Esto constituiría una siniestra mentira por parte de ellos! También es posible que los huesos simplemente no se hayan encontrado o que el grupo comiera solamente las partes blandas de sus compañeros y que el resto se haya descompuesto. Además, están los huesos que no se han podido identificar. ¡Podrían ser humanos!

UNA NUEVA VIDA EN CALIFORNIA

Los supervivientes de la desventurada expedición Donner llegaron a California, establecieron negocios, se casaron y llegaron a vivir vidas plenas. Pero muchas personas que pensaban viajar al oeste y escucharon acerca de la terrible historia de la expedición Donner, decidieron no arriesgarse a hacer el viaje.

Más adelante, cuando se descubrió oro en California en 1848, llegó una gran ola de colonizadores en busca de fortuna, que se conoció como "la fiebre del oro". El miedo de acabar como los de la expedición Donner fue borrado por la promesa de encontrar riqueza al otro lado de las montañas. Aun así, la historia de la expedición Donner se ha convertido en parte de la historia de la expansión de Estados Unidos. Que esta historia incluya canibalismo es algo que posiblemente no llegaremos a saber con seguridad.

Datos Importantes

¡Es posible que uno de los supervivientes de la expedición Donner llegara a hacer fortuna durante la época de la fiebre del oro!

Aunque las dificultades que experimentó la expedición Donner hicieron reflexionar a muchos emigrantes, la realidad es que el país siguió creciendo hasta llegar a ser la nación que hoy se extiende de costa a costa.

CALIFORNIA SE CONVIERTE EN ESTADO

Después de descubrir que había oro en California, ¡la población de emigrantes creció de unos 1,000 a unos 10,000 habitantes en pocos años! Por eso, la incorporación de este territorio a la Unión en 1850 fue muy importante. Alrededor del Fuerte Sutter creció la ciudad de Sacramento, en un principio como centro de comercio de los mineros. Después, pasó a ser la capital del estado. La fiebre del oro también fomentó el crecimiento de muchas otras ciudades de California, como San Francisco.

GLOSARIO

desterrar: echar a alguien

destino: un lugar hacia el cual se dirige alguien o algo

documento: un escrito formal

emigrante: una persona que deja su lugar de origen para ir a vivir a otro país o territorio

espeluznante: que causa horror o espanto

herencia de familia: algo que se pasa de generación en generación en una familia

historia oral: relatos que se pasan de boca en boca de una generación a otra

obligado: forzado

precipitación: lluvia, nieve, aguanieve o granizo

terreno: el tipo de tierra que hay en un lugar

PARA MÁS INFORMACIÓN

LIBROS

Hale, Nathan. *Donner Dinner Party*. New York, NY: Amulet Books, 2013.

Huey, Lois Miner. *American Archaeology Uncovers the Westward Movement*. New York, NY: Marshall Cavendish Benchmark, 2010.

Schwartz, Heather E. *The Foul, Filthy American Frontier: The Disgusting Details About the Journey Out West*. Mankato, MN: Capstone Press, 2010.

SITIOS DE INTERNET

Expedición Donner
www.history.com/topics/donner-party
Mira un video y lee más acerca de la expedición Donner.

Mapa de la ruta de la expedición Donner
www.pbs.org/wgbh/americanexperience/features/map-widget/donner-map/
Echa un vistazo a este mapa interactivo que muestra cómo la expedición Donner viajó hacia el oeste.

Línea de tiempo de la expansión hacia el oeste
www.ducksters.com/history/westward_expansion/timeline.php
Aprende más acerca de este período de la historia en esta línea de tiempo.

Nota del editor a los educadores y padres: nuestro personal especializado ha revisado cuidadosamente estos sitios web para asegurarse de que son apropiados para los estudiantes. Muchos sitios web cambian con frecuencia, por lo que no podemos garantizar que posteriores contenidos que se suban a esas páginas cumplan con nuestros estándares de calidad y valor educativo. Tengan presente que se debe supervisar cuidadosamente a los estudiantes siempre que tengan acceso al Internet.

ÍNDICE